बालगीत
नन्ही कविताएँ
LITTLE SCHOLARZ

प्रार्थना

हे भगवान, हे भगवान।
हम सब तेरी हैं संतान।

ईश्वर हमको दो वरदान।
पढ़ लिख कर हम बनें महान।
हमसे चमके हिन्दुस्तान।

बन्दर मामा

बन्दर मामा पहन पजामा,
कुरता डाले निकल पड़े।
दिखा नहीं केले का छिलका,
पैर पड़ा तो फिसल पड़े।

हाथी राजा

हाथी राजा बहुत भले।
सूंड हिलाते कहाँ चले?

कान हिलाते कहाँ चले?
मेरे घर भी आओ ना,

हलवा पूरी खाओ ना,
आओ बैठो कुर्सी पर,
कुर्सी बोली, चटर मटर।

पापा कहते...

पापा कहते–पढ़ो लिखो
इधर आओ, पाठ सुनाओ।
माँ कहती–सीधे बैठो,

यहाँ नहीं तुम शोर मचाओ।
भैया कहते–यहाँ न आओ,
भागो–जाओ, भागो–जाओ।

दादू कहते–आओ बेटा,
हलवा पूरी खाओ बेटा।

चंदा मामा

चंदा मामा दूर के,
पुए पकाएँ बूर के,

आप खाएँ थाली में,
मुन्ने को दें प्याली में,

प्याली गई टूट,
मुन्ना गया रूठ।

चाँद का कुरता

हठ कर बैठा चाँद एक दिन,
माता से यह बोला,
सिलवा दो माँ मुझे,
मोटा एक झिंगोला।
आसमान का सफ़र और
यह मौसम है जाड़े का,
नहीं अगर तो लादो कुरता
ही कोई भाड़े का।

नानी तेरी मोरनी

नानी तेरी मोरनी को मोर ले गये,
बाकी जो बचा था, काले चोर ले गये।
अच्छी नानी, प्यारी नानी, रूसा-रूसी छोड़ दे,
जल्दी से एक पैसा दे दे, तू कंजूसी छोड़ दे।

रेलगाड़ी

छुक-छुक करती चलती रेल,
यहाँ वहाँ पहुँचाती रेल।
सीटी देकर हमे बुलाती,
छूटे तो फिर हाथ न आती।

प्यासा कौआ

एक कौआ प्यासा था,
घड़े में पानी थोड़ा था,
कौआ लाया कंकड़,
पानी आया ऊपर,
कौए ने पिया पानी,
खत्म हुई कहानी।

मछली रानी

मछली जल की रानी है,
जीवन उसका पानी है।
हाथ लगाओगे, तो डर जाएगी,
बाहर निकालोगे, तो मर जाएगी।
पानी में डालोगे, तो जी जाएगी,
सारा पानी पी जाएगी।

लाल पीली मोटर

लाल पीली मोटर है, उसका मैं ड्राइवर हूँ।
चाबी मैं लगाऊँगा, हैंडल को घुमाऊँगा।
पापा को बिठाऊँगा, मम्मी को बिठाऊँगा।
मोटर चलेगी पोंम... पोंम... पोंम...।

एक एक

एक एक कर पेड़ लगाओ,
तो तुम बाग बना दोगे।

एक एक कर ईंटें लगाओ,
तो तुम महल बना दोगे।

एक एक कर पैसे जोड़ो,
तो बन जाओगे धनवान।

एक एक कर अक्षर पढ़ लो,
तो बन जाओगे विद्वान।

छुट्टी

छुट्टी का दिन आया है,
सबके मन को भाया है।
आज न पढ़ने जाएँगे,
दिन भर शोर मचाएँगे।

बीच सड़क पर कभी न जाओ

सड़क बनी है लम्बी-चौड़ी,
इस पर जाए मोटर दौड़ी।
सब बच्चे पटरी पर आओ,
बीच सड़क पर कभी न जाओ।
जाओगे तो दब जाओगे,
चोट लगेगी, पछताओगे।

धोबी आया

धोबी आया, धोबी आया,
कितने कपड़े लाया, कितने कपड़े लाया?
एक, दो, तीन,
चार, पाँच, छः,
सात, आठ, नौ,
दस और बस।

आओ भाई आओ

आओ भाई आओ!
क्यों भाई क्यों?
एक चीज़ मिलेगी!
क्या भाई क्या?
रसगुल्ला! वाह भाई वाह!
दूर भगाओ! किसको जी?
गन्दी गन्दी मक्खी!
छी, छी, छी!

दो चूहे थे

दो चूहे थे, मोटे-मोटे थे, छोटे-छोटे थे।
नाच रहे थे, खेल रहे थे, कूद रहे थे।
बिल्ली ने कहा, म्याऊँ (मैं आऊँ?)
ना मौसी ना, हमें मार डालोगी।
फिर खा जाओगी, हम तो नहीं आएँगे,
हम तो भाग जाएँगे।

गुड़िया

गुड़िया मेरी बड़ी निराली,
सुन्दर-सुन्दर कपड़ों वाली।
ठुमक-ठुमक कर पाँव बढ़ाती,
मीठे-मीठे बोल सुनाती।

भारत की शान

झण्डा है भारत की शान,
झण्डा है वीरों की आन।
उसको हैं हम शीश झुकाते,
जन-गण-मन का गीत हैं गाते।

आलू-कचालू

आलू-कचालू बेटा, कहाँ गए थे?
बन्दर की झोपड़ी में, सो रहे थे।

बन्दर ने लात मारी, रो रहे थे।
मम्मी ने प्यार किया, हँस रहे थे।

पापा ने पैसे दिए, नाच रहे थे,
भैया ने लड्डू दिए, खा रहे थे।

पानी बरसा छम-छम-छम

पानी बरसा छम-छम-छम,
छाता लेकर निकले हम।
पैर फिसल गया, गिर गए हम,
नीचे छाता, ऊपर हम।

मुर्गा बोला

मुर्गा बोला–"कुकड़ूँ कूँ"
लेकिन इतनी जल्दी क्यूँ?
रात देर से सोया था,
मैं सपनों में खोया था।
धूप ठीक से नहीं चढ़ी,
क्या है जल्दी इसे पड़ी।

अहा, टमाटर बड़ा मज़ेदार!

अहा, टमाटर बड़ा मज़ेदार!
इसको इक दिन चूहे ने खाया।
बिल्ली को भी मार भगाया!

अहा, टमाटर बड़ा मज़ेदार!
इसको इक दिन चींटी ने खाया।
हाथी को भी मार भगाया!

अहा, टमाटर बड़ा मज़ेदार!
इसको इक दिन पतलू ने खाया।
मोटू को भी मार भगाया!
अहा, टमाटर बड़ा मज़ेदार!

www.ingramcontent.com/pod-product-compliance
Ingram Content Group UK Ltd.
Pitfield, Milton Keynes, MK11 3LW, UK
UKHW062002290726
14090UKWH00021B/1348